Coração de Mulher

Sandra Ribeiro

Porto de Idéias
EDITORA

São Paulo, 2012

Coração de Mulher

Sandra Ribeiro

Coordenação Editorial: Silvana Pereira de Oliveira

Projeto Gráfico: Jeferson Paz

Capa: Otávio Oliveira Silva

Foto da Capa: Paulo Oliveira (FC Reportagens)

Dados Internacionais de Catalogação na Publicação (CIP)
(Câmara Brasileira do Livro, SP, Brasil)

Ribeiro, Sandra
Coração de mulher / Sandra Ribeiro. --
São Paulo : Porto de Idéias, 2012.

ISBN 978-85-8061-035-2

1. Poesia brasileira I. Título.

12-12811 CDD-869.91

Índices para catálogo sistemático:
1. Poesia : Literatura brasileira 869.91

EDITORA PORTO DE IDÉIAS LTDA.
Rua Perdões, 101 - Aclimação
São Paulo - SP - 01529.030
Fone (11) 3884-3814
portodeideias@portodeideias.com.br
www.portodeideias.com.br
twitter.com/portodeideias

“Somente em teus braços encontro o amor verdadeiro, o porto seguro, o privilégio concedido pelo destino de ser amada em maestria de emoções.”

Ao meu esposo Renê Ribeiro,
"Fonte inesgotável".

Prefácio

Sobre o amor: encontros e desencontros

Estávamos em 2009. Sandra Ribeiro integrava uma turma de alunos do primeiro ano do Curso de Pedagogia, do Centro Universitário Fundação Santo André.

No convívio acadêmico, que se estendeu até o final deste ano, Sandra mostrou-se uma pessoa generosa, capaz de partilhar o que pensa e o que sabe com os que a rodeiam. O que posso afirmar é que convivemos com uma pessoa batalhadora, disciplinada e com disponibilidade para ensinar. Não por outra, Sandra enfrentou o desafio de ler e partilhar com o grupo a Didactica Magna, de Comenius. Para alguns, à época, uma questão se colocava: por que ler sobre essas pessoas que já estavam mortas?

À medida que os semestres letivos se sucederam, Sandra foi mostrando-nos outras habilidades: fomos surpreendidos com um livro de poesias de sua autoria.

Pouco a pouco, seus escritos foram saindo da gaveta e eu fui leitora privilegiada deles. A aluna Sandra foi se apresentando como uma pessoa por inteiro, para além da figura da aluna. Com muita satisfação recebi o convite para escrever o prefácio desta obra.

Um livro de poesias que propicia ao leitor o prazer de ler sobre o amor e nos mostra que para encontrá-lo podemos buscar caminhos muito diferentes.

Em cada poema ficam explícitas a sensibilidade, a leveza e a humanidade da autora. À procura do encontro com o outro, seguindo os desejos, superando as barreiras interiores e exteriores, Sandra vai construindo os seus caminhos e permitindo que deles façamos parte.

Como estas características são importantes hoje, num mundo marcado pelo individualismo, a valorização do ter, em detrimento do ser!

É preciso que nos alegremos sempre quando temos a oportunidade de ver desabrochar poetas como a minha aluna Sandra. Sim, porque chegou o dia da partida: o aluno deixando o mestre. Sandra seguirá uma carreira profissional na qual hoje já dá os seus primeiros passos. Certamente teremos novos encontros com a poeta sensível que podemos conhecer com a leitura desta obra.

Sem dúvida, este livro é um presente da autora para todos nós: viver o amor sob diferentes formas, porém, ocupando centralidade em nossas trajetórias!

Profa. Dra. Marli Pinto Ancassuerd

Palavra do Inspirador

Tens aqui a continuação dos fragmentos da alma poética de Sandra Ribeiro, onde compartilha o amor por seu amigo, esposo e companheiro. Um amor que não tem constrangimento nenhum em alardear.

É uma obra eloquente e imensamente romântica. Chega ao centro das profundas emoções e aspirações do ser. Uma prova cabal e indelével de que o amor ainda permanece mais forte do que a morte, como dizia o sábio Salomão.

Vejo como leitura indispensável para as pessoas que querem viver o romantismo da vida. Um trabalho poderoso, porque o amor tem um poder sobre nós humanos. Expande a nossa imaginação e traz uma abordagem sincera do coração de uma mulher.

A maneira poética da autora traz um fôlego novo que cativa o coração, envolve a mente e inspira o espírito do leitor. É surpreendente como discorre com simplicidade sobre o tema amor, amizades...

Eu apreciei a experiência de abertura de minha mente e coração fornecida por esta excitante obra.

Recomendo que você mergulhe neste mar de amor e assista a sua vida mudar para melhor, afinal este sentimento renova as nossas forças.

Renê Ribeiro
Amigo, companheiro e esposo apaixonado.

Sumário

13 EU SOU

29 EM TEU AMOR

99 HONRA À AMIZADE

111 MOMENTOS

137 REFLEXÃO

149 CARTAS

“Na doçura de teu amor é onde busco inspiração.”

I

EU SOU

“A marca de teu Amor.”

Amar, eu sou

Sou as marcas de amor que deixei
Nos caminhos que passei...
Sou a saudade que ficou
No coração que me amou...
Sou a lágrima vertida
Pela emoção de ser querida...
Sou a alegria constante,
A muitos contagiantes...
Sou o sonho embalado
Tornando teu dia encantado...
Sou o avesso e o direito
Em cada momento perfeito...

Determinação

Cansaço me invade a alma, entretanto prossigo em busca de um sonho.

Encantadora Mulher

Sonhos que encantaram
Pela vida, já ficaram
O verão se transformou...
Qual espelho a refletir
Cada marca a traduzir
Pelo tempo que passou...

Para trás a tal moleca
E a mocinha, qual boneca
Deu lugar a esta mulher...
Com a beleza que perdura
Não perdeu tua doçura
Madura, sabe o que quer...

Sentimentos florescidos,
Com teus filhos já crescidos,
Conquistou a temperança...
Novos sonhos a realizar
Muito tem a conquistar,
Conservando a esperança...

O nascer em teus quarenta
Com encantos que acalenta
Por caminhos a deixar...
Conservando teus mistérios
Exigente em teus critérios
Sabe bem o que é amar...

EU

Eu

Mulher

Um Coração

Dançando ao Vento...

Lanço os véus ao chão

Deixando-me revelar em

Cada Instante Encantador...

Eu e a Poesia

Entre as facetas deste encanto
Revelam uma liberdade requerida,
Onde os anseios gritam por espaço.
Dando lugar à mulher poetisa.
Coração revelado em cada traço.

Grande Magia

Diante das tempestades,
Continuar sorrindo...
Da vida e para vida.
Isto sim é que é magia.

Bom diaaaaaaaaaaaaaaaaaaa

Inquietações

Conflitos constantes na vida
Seguir, voltar ou mudar...
Prender-me a palavra proferida
Ou de conceitos libertar?

Ser encanto... Inspiração...
Ser a vida... A emoção...
Fiel aos meus sentimentos,
Mesmo que seja tormento?

Em caminhos de incertezas
Planto pequenas flores...
Perfumando tais durezas
Na agonia e nas dores?

Abrigo-me na poesia
Refrigério e manancial...
Onde vivo a fantasia
Sem prender-me ao real?

Menina Mulher

Fui menina... Hoje sou mulher.
Fui fantasia... Hoje realidade.
Fui um olhar... Hoje sou o sorriso.
Fui melodia... Hoje sou amizade.

Bailei na poesia da noite...
Em cada palavra a sonhar...
A vida acordou-me em açoite:
— Cresça, e se faça amar!

Quem dera voltar à menina...
Vivendo em teu mundo ilusório...
Enlaço-me a cada rotina,
Marcando a mulher, que é notório.

Fui menina... Hoje sou Mulher!

Meu Desejo

Modelar este desejo persistente
Que avassala, povoando a minha mente
Platão, que seja neste termo professor
Transformando-me com teu conhecimento
Vontade minha, tenha aqui este alento,
Mostrando-me o que de fato tem valor.

O dia passa, passa vida e vai seguindo
Meu coração, este desejo refletindo...
Supera o mundo, vai tão fundo a prosseguir.
A teoria de Platão, em mim naufragou
Vontade forte, ficaste firme e não mudou,
Ser a diferença por onde for em meu agir.

[Apenas uma brincadeira... por discordar do Filósofo]

Mil Facetas

Vivo lutando com os "comigos"...
Tenho mil Facetas, Fulgurantes
e Fascinantes, em meu ser...

Minha Esperança

Tirei da gaveta meu mais lindo sorriso e brindei com o sol este novo amanhecer, renovando em mim esperanças

Quem sou?

Sou o olhar que seduz
E a voz que muito intriga.
Sou cada raio de luz
Iluminando tua vida.

Sou a palavra guardada
Para o momento especial,
A teimosia declarada
Jamais se tornando igual.

Sou o riso inesquecível
Alegrando o anoitecer
Jamais serei previsível
Tua solidão preencher.

Sou a coragem e o medo
Neste amor imortal.
Sou teu mistério e segredo
Poetizando, afinal.

Saudades de Minha Inocência

Saudades de minha inocência
Embalada em fantasia...
Colorindo em alegria...
Com amor e paciência.

Saudades de minha inocência
Sendo mulher ou menina...
A vida, que a muitos ensina
Mostrou-me sua coerência.

Não enxergava a maldade
Escondida no olhar...
Ilusão a mascarar...
Falar era a realidade.

Inocência, hoje perdida
Sabendo o que é sofrer
Obrigando a madurecer
Em cada lição retida...

Sou Amor em Você

Sou a resposta de teus anseios
O desejo de tua alma
O perfume de teus encantos
O arrepio de teus sussurros.

O sentimento encontrado
Em teus versos descritivos,
A melodia afinada
Em tua canção de amor.
O olhar indecifrável
Em teus quadros revelados.

Sou teu pensamento ligado
Nos meus, ao entardecer.
Os beijos a esperar
Teus lábios umedecer.

Sou meu amor em Você.

Sou o que quero ser?

Sensualidade à flor da pele...
Como deixá-la e ser apenas
Uma mulher sem brilho, apagada?
Retirar a doçura de meus lábios
e o frescor de meu abraço?
Apagar a chama que me consome,
Entregando-me ao recato,
Como ser a mulher que não sou?
E como ser, se não a quero ser?
Sou o quero ser!

[Conflitos internos existem, porém em todos Deus nos orienta]

II

EM TEU AMOR

“Não existe melhor lugar do que estar enroscada em teu amar.”

Abraçar a Tua Alma

Neste dia...quero apenas
Abraçar a tua alma
E sentir teu coração
Dizer que me ama.

Acordar do Amor

Não imaginas, jamais, em teus sonhos
Eu te amo... Brinda-me ao acordar.
Cativa, em teus braços me ponho,
Enamorada por tua forma de amar.

Resplandecente, torna o dia em alegria
Renovando minhas forças em viver
Envolvendo, seduzindo, em demasia
Eu te amo... Em todo meu amanhecer.

Acordar de tal maneira radiante...
Sonho intenso de um grande apaixonado.
Um privilégio concedido e fascinante,
Ganhei fui eu, este eterno namorado.

Aflições

Há momentos em que as aflições,
De nossas vidas tomam conta...
Preenchendo as emoções,
Fazendo-nos tamanha afronta.
Incapazes nos deixando
De conceber reação
Para o mundo, nos calando
Perturbando o coração.
Pressionados... Em desalento,
Desejamos em todo tempo:
Dormir... E somente acordar
Quando tudo acabar.
Mas você com teu amor
Ampara-me, sem nada pedir.
Mostrando o meu valor
Impossível de medir!

[Você, meu abrigo constante]

Ah... Que Seja Eu

Que seja em mim, tua vida a pulsar
Em rumo certo de caminhos entrelaçados
Que seja eu, o teu desejo provocar
Estremecendo aos mistérios revelados

Que seja minha, a boca a te encantar
E meu olhar a refletir teu enamorado.
Que seja meu coração, o teu a disparar
E enlouquecer teu desvario apaixonado.

Que seja eu entre teus sonhos passear
Embalando, linda, tuas noites de ardor
Que seja eu em tua alma desenhar
A grandeza que possui este nosso amor.

Que seja eu a razão do amanhecer
Teu sol que nasce, tua chuva e anoitecer
Que seja eu teu começo e eternidade.
Jamais me torne em tua vida uma saudade

Amar em Saudade

Silêncio no ar, vazios lugares deixados
Tua ausência triunfa, soberana
Distancias momentâneas
Eternizando cada alvorecer.

Faz-me falta teu colo
Meus lábios suspiram por teus beijos
Olhar percorre o horizonte
Esfriando a alma sem teu aconchego.

Esperar sonhar...
Sonhos, construindo pontes,
Que me levem a tua magia
Tornando-se palpável pela saudade.

Alegro minh'alma ao entender
Ser transitório este cenário.
Poucas horas separam, finalmente
Meu amar de teu amor!

[Viajaste a trabalho e meu coração chorou]

Amar-te Como Eu

Querido, meu anjo amado
Como posso amar-te assim?
Deste jeito insensato
Foste feito para mim?
Que desvario tão cego
Sentimento enlouquecido
Querer-te sempre, não nego
Jamais tê-lo esquecido.
Encontros e desencontros...
Que a vida nos colocou
Juntos iremos ficar
Pois eu vivo a te amar
Como ninguém jamais te amou.

Amor Insólito

Esta noite meu amor tocou tua alma.
Como brisa suave, o acariciou em saudades
Sensações aconchegantes... Despertando-o.
Passeando pela vida, saboreou este momento
Sentindo o doce perfume primaveril
De corações enlaçados, entre tempos e distâncias.
Rendo-me a este sentimento que arrebata.
Lutando nesta contra mão do destino
Desafiando as barreiras imponentes do universo
Que impedem a imensidão deste querer.
Doce amor, turbilhão de emoções, envolvendo por completo.
Em clamar, reclamar... Por sonho realizado
Ignorando o sofrimento descompassado na aurora.
Lágrimas persistem...
Caminhos cruzados em tempos tardios.

[Quando viajas meu coração padece]

Amor, Somente Amor

Meu corpo estremece...
Frente ao amor
Que vem de teu olhar.
Invade minh'alma,
Preenche o coração,
Perco o eixo, o tino, a razão...
Sorrisos trocados
Substituem palavras,
Como código na multidão.
Alegro-me em ti.
Sacio minha sede
Em tua fonte perfeita
E inesgotável de amor...

Amo-te

Pensar em ti a cada instante
Sentir... Desejar-te...
Ter-me ao teu lado é pouco.
Quero mais. Quero tudo.
Quero teu olhar só para mim.
Teu tempo parado em mim
Teu sorriso colado ao meu.
Teu abraço fechado em mim.
Em mim... Em mim... Em mim...
Amo-te... Amo-te...
Um amor louco, imenso
Incondicional, febril,
Desfrutar deste presente
Para sua menina, sua mulher,
Que és tu... Só meu...
Amo-te, apaixonadamente.

Amparo

Choro, intempéries, beicinho,
Abrindo no peito caminho
No tempo, silêncio quebrando...
Pranteia real conflito
Tendo na alegria, um mito
Aurora desmoronando...

Tempestade, forte vento
Colhendo no dia, lamento
A vida por reagir...
Guerra sem vencedor
Desprovida de amor
Lutar, sofrer ou fugir?

Teu colinho... Teu amparo
Tem valor imenso e caro
Elevando a emoção...
Não deixando perecer
O que está hoje a sofrer
Sustentando o coração

[Decepções com amizades, teu colo... meu melhor refúgio]

Bodas de Amor

Tocaste minh'alma de um jeito
Em sentimento perfeito
Conjugando o verbo amar.
Despertando o coração
Para viver esta emoção
Quis comigo se casar.

Seu convite foi aceito,
Um casal por Deus eleito
Escrevendo sua história.
Aumentando o amor
Sempre juntos com valor
Vai marcando a memória.

Primaveras vinte e cinco,
Por ti, encantada, me sinto
Preciosa neste bailar.
Em teus braços conduzida
Eternidade em minha vida
Sei contigo o que é amar.

[Nossas Bodas de Prata, 15/02/2011]

Convite ao Amor

Quisera eu acompanhar teus passos
Para sempre, repousar em teus braços
No infinito, ser tua companhia...
Descobrir os mistérios do amor
Dando a vida um outro sabor
Escrevendo, juntos, nossa poesia...

És Perfeito, faz-me enlouquecer
Sempre sol, nunca anoitecer
Primavera em meu coração...
Tua voz finda o dia raiando
Alegria em meu ser vai brilhando
Faço em ti uma nova canção...

O destino faz em mim tu pensar
No traçar da poesia transformar
Num intenso viver proclamado...
Eu insisto e não vou desistir
De tua vida comigo seguir
Eternamente, estar ao teu lado...

Sejas tu, para sempre, amado.

Coração que Sangra

Em raros momentos
Que discordamos
Quando trocamos
Apenas selinhos formais
Aumentando a distancia
Entre nossos lábios...
As palavras não faladas,
Os olhares não trocados
O toque não revelado.
Falta-me o ar...
Meu barco a deriva
Ameaça naufragar.
A tristeza me corrói.
Meu coração sangra.
Breve momento
Que parece eternidade.
Mas juntos... Percebemos
Que nada vale a pena,
Nada tem valor
Diante de nosso amor.

[O sol jamais se põe sobre nossa ira]

Corações Ligados

Meu amor:
Ficastes incomodado neste dia?
Com o teu peito em aflição?
Era teu coração ouvindo o meu,
gritar teu nome numa canção de amor!
Vem... Deixa-me compor em ti
Um soneto em harmonia por te amar.
Provocar-te arrepios, incendiar-te.
Escrever em teus recantos
A felicidade em prosa e verso,
Decifrar-te por completa emoção.

Dança do Amor

Meu anjo... Vamos dançar,
Pelos ventos embalados
Ao som de uma grande loucura,
Como eternos namorados,
Envolvidos... Celebrados,
Neste dia com ternura!
Sobre as nuvens, nesta dança,
Ao teu compasso alegrar
Meu coração na esperança,
De teu sorriso alcançar.
Em meio às estrelas do céu
Quero dançar contigo
Meu amor e meu amigo
Faz de meu riso o troféu!
Neste bailar me abrigo
De tudo que faça sofrer
Segura em teus braços, sigo
Por mais um ano a viver.

[Dançando no dia de meu aniversário]

Deleite

Encanta-me à tarde... Doce inspiração
Amar... Puro deleite, saciando-me entre caminhos
Arrepios em sensações constantes.

Aprisionar-me em teu olhar faminto
Pelas delicias de beijos molhados e incendiários.
Amor que exala... Perfumes trocados.

Sentir-se querida, em tudo amada
Sob lençóis, cúmplices de nossas loucuras
Descompassando a razão intrometida.

Moleca faceira, que te alucina
Totalmente entregue... Aconchego de teu amor
Sentindo o pulsar da vida, que chama.

Desatino

Inconsciente, Me prendes a Ti.
Neste falar, qual loucura
Sem tempos a reflexão.
Conceitos errôneos concebidos
Num começar desgovernado
Lutando a desvencilhar...

Se não fosse tal magia
Fascinando este querer
Lançava-te ao vento
Esquecendo o existir.
Mas a vida, em desatino
Quis cruzar nosso destino
Enlaçando as emoções.

Exagero! Tu disseste,
Incompreensível sentimento...
Como quero que entendas
Se eu mesma não entendo?
Ligação tão conturbada.
Mas em ti só sei pensar
No dormir, e ao acordar

Enfim... Enamorada
Peço-te sem hesitar
Meu anjo, deixa-me te amar?

Desejada

Entre as cinzas de teu pranto
Renasceu... Como encanto
O calor em desejar...
Qual felina inatingível
Mulher, de amor impossível.
Passeando em teu sonhar...

Sentir teus lábios ardentes
Sendo a ela transparente
Em teus olhos, este querer...
Enamorá-la sem pudor
Colher para ti esta flor
Desnudando o teu viver...

[Demorou... mas conquistou-me]

Desejo Avassalador

Desperta-me com tuas mãos no alvorecer
Enredando meus sentidos a passear
Convidando a um sublime pertencer
Tornando-me cativa em teu olhar.
Atordoando a razão a descobrir
Ser real ou sonhar de prazer.
Os beijos aquecidos a me servir
Alimentando de amor a me suster

Corpos se completam neste ensejo,
Devagar... Escreves... Caprichoso,
Intensas palavras em meu desejo
Perfume inebriante, harmonioso.
Nossas almas, encaixe perfeito
Ritmados, qual musica afinada
Amado, que por mim foi eleito
Só nele encontro à pousada.

Inverno, 2011.

Desejo no Inverno

Hoje, dia intensamente frio,
Faz-nos desejar:
Chocolate quente, Pipoca, Cobertor e
Um Abraço Teu...
"Meu melhor cachecol"

Inverno, 2011

Desencontro

Tua falta senti
Solitário coração
Perdida direção

Embalando Saudades

Saudade... Surge desatinada,
Razão deu lugar à loucura.
Alma em lamento, desamparada,
Percorre a lágrima em agrura.

Procuro-te no infinito sonhar,
Aconchego em teu lado sentir.
Só lá finda este encontrar,
Trocando o meu pranto em sorrir.

Por mais lindos que sejam os lugares
Permeado em praias, montes e vales...
Somente em um canto desejo estar,

Enroscada em teus braços de amor
Curando, por completo, esta dor.
Refletindo-me em teu doce olhar.

[Longe de ti um minuto é eterno]

Encanta-me

Encantar meu dia
Resplandece na alma
Teu sol no olhar

Encantamento

Surpreendo-me contigo.
Teu olhar á procura, sem fim,
De minha presença em teu porto.
Buscando em meu sorriso trocado
Com o teu, a celebração do amor.
Em momento se quer, não escondes
O desejo incansável que tens
Em chamar-me a atenção.
Perceber tua emoção, em desatino.
Iluminado, teu semblante irradia
Ao aproximar-me de ti, mansamente.
Acelera teu coração insano...
Inquietas comigo. Ficar ou fugir?
Alegria imensurável percorre teu corpo
Em resposta ao meu beijo ardente
Selado sobre teus lábios ansiosos.
Clamas, teu corpo sedento...
Pelo calor que de mim emana.
Enfim... Lugar e tempo contrários,
Inimigos declarados, reagem...
Impedindo tão grande amor.
Da tua presença, retiro-me,
Teu coração protesta em dor
Vertendo lágrima incontida
De teu olhar encantado em amor.

[Poema escrito quando meu esposo e eu éramos apenas grandes amigos]

Encontrar-me em Ti

O sol vem anunciar tua chegada... Meu coração pressente.
Descompassado, clama à vida, por teu amor sem medida
Fazendo-me ansiar, teu olhar repousando nos meus
Enreda meu corpo a desvencilhar-se da saudade
Sonhar constante... Entre encantos e afagos.
Há proteção em ti, aconchego, firmeza.
Pura sintonia ao meu querer-te bem
Emoções entrelaçadas, inspiração
Atiçam, fazem-me ter pressa
Encontrar-me, finalmente
Em tua retina refletida
Arrepios de vida
Teu querer
Eu.

Entrego-me a Ti

Entrego-me, incansável, a tua alma,
Tens o meu sentir em tua palma
Com ternura, rendo-me aos teus encantos...
Teus beijos, minha sede, alimentando
O tempo, em eternidade, transformando
Escrevendo teu amor em meus recantos...

Preencher meu coração é teu destino
Mesmo que pareça, desatino
Em você, desenhei felicidade!
Sentimentos, a cada dia, imensidão
Nosso amor, nossa verdade, a razão
Pela vida... Somos dois em unidade!

Esconder-me em Ti

Esconda-me
Em teu olhar atrevido, oh! gosto de aventura
Com prazer merecido, expressado em ternura.
Nesta busca do amor, revelando tua alma
Enchendo-me de calor, dando paz que me acalma.

Esconda-me
Em teus lábios sequiosos, ansiando por amar
Deslizando amorosos, fazendo-me perder o ar.
Sussurrando sedução, na doçura de seu mel
Constante tradução, sendo à minha alma fiel.

Esconda-me
Em teus braços envolventes, por inteiro a rodear
Enroscada intensamente, com teu jeito aconchegar.
Como súplicas o abraço, ao desejo transcorrer
Prendendo-me com teu laço, juntos em amor viver.

Eterno Alento

Encantar-me foi real
Tudo lindo e essencial
Enamorou meu coração...
Resplandeceu-me a aurora
Nesta mulher que o adora
Obedecendo a emoção.

Alegria fez surgir
Lado a lado a prosseguir
Entre tantas melodias...
Neste alento a conjugar
Tão fiel a me enredar
O amor em harmonia.

[Até brincando penso em ti]

Êxtase

Vestir-me com tua pele, enlaçar-me neste aconchego,
Teus lábios percorrem-me por caminhos inconstantes
Imensidão de sentidos, entrega aos teus encantos.
Encantando-me por inteiro, sublime atrevimento
Sabes desfrutar do manancial em maestria...
Desvendando os mistérios bem guardados
Notável menino faz perder-me a razão,
A sobriedade e direção... Sedento...
Arrepias minh'alma, meus jardins.
Intimidade chegando à loucura
Desbravando minhas colinas
Cumplicidade adquirida
Madura, singular
Encontro-me
Em Êxtase
Sorrir

Falta-me Você

Incomoda-me o silêncio,
Lacunas deixadas por tua ausência.
De teu riso, sinto falta...
Preenchendo de alegria cada
Instante de minha vida.
Carinhosas... Tuas palavras
Eram bálsamo à minh'alma.
E razão para seguir em frente.
Incompleto e vazio...
Meus dias se resumem sem ti.
Volta logo, amor...
É noite sem você.
Faz minha vida amanhecer.

[Entre nós, quando um viaja, sofrem os dois]

Felicidade

A felicidade que tens me dado
Envolve-me como perfume...
Conservando em ti a essência.
Embriaga-me com teu amor
Perdendo-me em teu sorriso.
Em devaneios e emoções
Percorrendo meu coração
Sonhador... Encantando-me
Neste conto de fadas real.
Enigma... Decifrado
Pela troca de nosso olhar.

[Presente de Deus ao meu coração: seu amor]

Fonte de Amor

Despidas as vestes da inquietude
Florescendo em ti, minha virtude
O coração estremece de amor.
Abriste o manancial fechado,
Descobrindo o mistério guardado
Provocando, na face, o rubor.

Teus lábios contornaram os anseios
Não deixando lugar a receios
Alcançaste felicidade em mim.
Saciaste tua sede aprazível
Em minha fonte de gozo visível,
Delirando-te neste jardim.

Bebeste amor em minha taça
Aos teus olhos, para sempre acho graça
Encantados um ao outro, enfim.

Harmonia em Ti

Que seja eu
O teu encanto.
E em meu recanto,
Tua melodia.

Imenso Amor

Quisera eu escrever-te neste dia...
Entre palavras eternas a deslizar
Versejar o grande amar em demasia
Teu perfume de encanto a impregnar.
Inserindo em cada pequena letra
A dimensão avassaladora deste amor.
Mas como fazê-lo? Se não cabe
Sequer em meu peito?

Labaredas de Amor

Na aurora teu olhar convidativo
Surpreende em momento sugestivo
Impossível tempo a respostas.
Vencedor, arrebata meus sentidos
Percorrendo caminhos definidos
Outorgando-me às tuas propostas.

Com maestria tuas mãos alucinadas
Procuram, entre essências misturadas,
Finalmente descobrir onde é o sorrir.
Em minha pele, ritmado, desenhando
Felicidade no sentir vai provocando
Confiante... minh'alma a se despir.

Entre beijos sequiosos e suplicantes
Ateando labaredas flamejantes
Incendiando, entre nós, as emoções.
Brindando, generoso, este deleite.
Refletindo no olhar como enfeite
Tal amor dispensa explicações

Leito de lágrimas

Tecendo em lágrimas meu leito
Confidente nesta pálida agonia
Amordaçando coração no peito
Reparos a conter nesta avaria.

Saber qual a razão deste martírio
Roubando meu sorrir em tal frieza
Quisera ser apenas um delírio
O pranto derramado, qual dureza.

Terna paz, retirada em tortura
Clama por tua hora de chegar
Ronda o leito em eterna procura.

Aflita, minha alma a suspirar
Desnuda, rasga noite em clamor
Remédio vem com o Sol para esta dor.

[Você, meu alento a qualquer dor]

Liberdade em Amar

Ao desprender-me das correntes em clausura,
Devaneio entre teus mundos de enigmas,
O cavalheiro, me adornando em doçura
Ou Voraz fera seduzindo em aventura?

Como posso escolher entre os delírios,
Se cada um vem envolver-me em esplendor
Um cavalheiro, desenhando-me em loucura,
Ou grande fera a conduzir-me a teu favor?

Dualidades formam este homem especial,
Nesta alcova em segredo a libertar
Com teus feitos de magia surreal
Esta mulher, supremo ser a enredar...

[Ao meu esposo, meu eterno cavalheiro e fera]

Mágica Saudade

Tua presença persiste em habitar minha alma.
Passeando em sonhos. Sonhos com aroma de ti.
Alimentando meus delírios de amor,
Refletido em teus olhos e
Com gosto de meus beijos.
Descobri em você, felicidade,

Está em mim tua saudade...
Minha pele, impregnada de teu perfume, a inflamar,
Sente a suavidade de teus carinhos ardentes,
apaixonados...
Delicio-me, com o gosto de teus beijos deixados,
Num desejo de querer mais. De navegar em tuas águas.
Ficou em mim tua saudade...

Mágica saudade, em pensamentos de amor,
Leva-me até você, numa imensidão de carinhos
incontáveis
Adornados por teu coração descompassado,
Nesta felicidade plena de te amar.

Minh'alma te pressente tão perto.
O vento, qual natureza a conspirar por nos unir,
Toca em teus lábios, por brisas suaves
Revelando segredos da paixão com gosto de meus
beijos...
Decifrando o meu amar, levando-te minha saudade

Vem meu anjo, repousar em meu querer,
Encontrar-me em você. Em teu porto seguro de amor!

Meu Ser Clama por Ti

Saudades
Dos beijos, que hoje não te dei.
Os teus olhos, que não contemplei.
O teu abraço, que hoje não senti.
O amparo, que em mim desenhou.
Aconchego, que a mim reservou.
O calor, que em meu corpo vivi.

Saudades
A história, enlaçados escrevemos.
O prazer que juntos percorremos
O refrigério de teu lindo olhar.
O friozinho que sinto na espinha
Ouvindo-te dizer: és só minha.
Saudade de nosso amar.

[O trabalho intenso neste final de semana o tirou de mim.
Um dia é como a eternidade]

Meu Sorrir...Tua Ideologia

Respostas às inquietações
Percorridas em puras ilusões
Bonança em meus temporais.
Reescreve o contexto em amor
Moldando o real a favor
Tornando as lágrimas irreais.

Retira os espinhos na essência
Fazendo do bem consciência
Deixando o caminho sem dor.
Constrói o sentir na doçura
Mesmo que pareça loucura
Por mim, luta com grande ardor.

O possível que lhe é capaz,
O impossível também ele faz
Para meu dia se tornar feliz.
Meu sorrir... Tua ideologia
A tristeza... virá mitologia
Em sua vida, sou imperatriz.

Minha Vida

Minha Vida...
Solidão e anoitecer se resumia meus dias.
Mas de ti veio meu amanhecer...
Luz a me guiar... Conduzir... Meu farol...

Minha Vida...
Com este amor intenso... Imensurável...
A arrebatar-me os sentidos.
De pesadelos a embalados sonhos.

Minha Vida...
Meu tesouro, meu encanto, minha felicidade...
Preencheu-me por completo: Coração e alma.
Fazendo-me delirar de amor.

Minha Vida...
Com você vivo carinho, paixão, amor...
Sentimento desejado por uma eternidade.
E agora vivo em ti.

Minha vida...
Transformada em amar você.

Mistério em Ti

Escondido estás meu amor,
Em jogo de pura conquista.
Saberei o gosto de teus beijos
Devorando a paixão que há em mim?
Desvendarei o segredo de teu encanto?

Viaja meu coração ao vento
Em direção a tua essência.
Desnudando a alma encantada
De tudo que te afastas de mim.

Quem dera que meus lábios
Percorressem teus desejos...
Descobrindo teus recantos de frisson,
Incendiando-te em gemidos provocados...
Embriagando-me de tua seiva,
Aconchegando-me em teu prazer.

Quem dera ter as formas definidas
Por teu olhar enamorado.
E na imensidão desta harmonia
Decifrar os teus recatos.
Com teu coração alucinado
Clamando por mais amor...

Misteriosa

Abro, nesta tarde, a caixa de meus devaneios secretos.
Fazendo-me guardiã e mantenedora de teus desejos.
Mudando as regras do cotidiano, enlaçando-te.
Despindo-me das vestes da sensatez
Dominada por teus delírios de prazer
Fazendo de teu gozo meu ideal
Preenchendo-me as lacunas
Alimentando-me de ti
Rendendo-me a ti
Submetendo a ti
Apaixonante
Você

Nada sou sem você

Esquecer-te... Jamais...
Morreria, por certo.
És meu primeiro pensamento
Com clareza, o último também.

Meu dia se resume em ti.
Em teu amor embriagante
Em teu existir envolvente.
Meu inicio, meu prosseguir...

Sem ti, definharia...
Olhando ao passado
Pois, meu último sorriso
O deixaria contigo.

[Dedicado ao meu eterno amor, meu esposo inspirador]

Navegue Comigo

Estar entre lugares desconhecidos...
Onde o Sol enamorado pelas águas
Entrega-se ao mar.. Num entardecer de sentidos
Ouvindo-o suspirar... Em emoção.

Navegue comigo
Por sensações e arrepios
Entre beijos e carinhos enlouquecidos
Sentindo o pulsar da vida a percorrer
Num desnudar em desejos.

Navegue comigo
Minha pele chama, clama...
O perfume em serem dois corações a bater
Num só compasso ritmado pela loucura de amar
Deixando marcas em carinhos singelos
Contagiando-me.

Navegue comigo
Nesta tempestade que se acalma
Por anseios descobertos... Decifrados
Em nossas almas entregues,
Sentindo a brisa suave
Deste intenso amar você.

Onde Estás?

Onde estás, meu amor, que não te encontro?
Meus olhos te procuram em cada ponto,
Buscando em teu olhar, felicidade...
Deixas meu coração aflito, a clamar
Entre as lágrimas neste tempo a embalar
Sonhos de amor para toda eternidade.
Somente em ti, se abriga minh'alma
Sedenta por teus beijos, que acalma
Escrevendo em meu corpo o nosso amor.
Onde estás? Vem sem demora!
O tempo para, aqui e agora...
Quando estou sem teu calor.

[Enquanto trabalhas, minha alma clama por tua presença]

Por Amor de Ti

Por amor de Ti... Quem dera...
Sobre a dor ter completo poder
Não permitindo um dia sequer
Que te faça, refém, a sofrer,
Tua alegria contínua é mister.

Por amor de Ti... Quem dera...
Temporal, que se forma, impedir
Deixando somente a bonança
Embalar teu constante sorrir
Tão feliz como uma criança.

Por amor de Ti... Quem dera...
Em teu caminho, os espinhos tirar
Circulando teus passos com flores
Tua vida, assim, perfumar,
Evitando, tua alma, em dores.

Por amor de Ti... Quem dera...
No instante de teu sofrimento
Trocar minha vida pela tua,
Retirando de ti o lamento
A felicidade somente o possua.

Por Amor de Ti...

Por Teu Amor

Noite fria... primavera?
Somente em meu coração
Florido por teu amor.

Pousada

Viajante... Peregrino...
Em minha vida foste entrar
Convido-te, meu menino:
Em meu coração morar.

Neste sonho de pousada
Acharás tranquilidade
Serás meu e eu tua amada
Tornando-se realidade.

Escrever-te nossa história
Tem um pezinho na loucura
Mas guarda-me na memória
Afinal, quero ser tua.

Não rejeites tal destino
Refletido em meu olhar
Aceite este desatino
Permita-me, assim, te amar.

Rendo-me a Ti

Teu olhar tocou-me a alma e a razão
Encantada, com este amor em expressão
À minha vida deste imenso sentido!
Rendo-me a ti, com intensa paixão
Desenhando-me em teu coração
Este amar, dando enfim colorido!

Meu sonhar, com você é real
Somos juntos um par ideal
Na loucura deste amar infinito!
Partilhando sensações ofegantes
Revelando por nossos semblantes
Rendo-me a ti, em amor irrestrito.

Sabedoria em Amor

Emoldurada pelo vento, que outrora,
Passou... Mudando a vida, sem demora,
Mosaico de emoções a refletir...
Conceitos, no calor, reformulados
Em minh'alma, para todo, impregnados
Sigo a vida, entre sonhos, a sorrir...

Passam outonos, no silêncio, fortaleço.
Cada laço, que se forma, reconheço
Teu amor, suprindo o mundo, a amparar...
Entendendo meu pensar, em plenitude
A completar-me com ternura e virtude
Em cada fase, sempre juntos, a me amar...

Saudades Incontidas

A Saudade levou-me a sonhar contigo.
Fez-se real... Por instantes...
Acordei com teu perfume.

Sensibilidade de um homem

Entendes o meu silêncio...
As inquietações súbitas
Desta dança dos hormônios.
Toma-me pelas mãos...
Levando a dançar
Em nuvens infinitas...
Colorindo meu sorrir
Em cada raio de sol...
Em ti..encontro o amor
Capaz de compreender
As mil facetas desta mulher.

Ser Feliz

É ter cada um de meus caminhos ligados aos teus.

Simplesmente... Mulher

Muito se esconde sob as tranquilas águas deste meu lago de amo
Turbilhão de desejos ardentes, feitos cachoeiras a te inundar.
Envolvendo nesta provocante brincadeira de quem se ama
Numa entrega mútua e liberta de pudores do cotidiano
Exigindo rendição plena, incondicional de sentidos
Fazendo-me tremer sob as forças de suas mãos
Portas que se abrem a serem invadidas por ti
Tornando minha pele rubra, arrepiada.
Em volúpia alucinada em querer
Desbravando tais caminhos
Libertando-me o furor
Decifrando segredos
Sem receios
Eu e você
Nós

[Agora leia de baixo para cima

Sinto Tua Falta

Sinto tua falta. De teu cheiro em minha pele.
Teu olhar de fome ao desfilar em tua frente.
Teu jeito maroto convidando ao prazer
Falta de teus lábios umedecidos de amor
Delirando-me ao compasso de uma sinfonia.
Pensando em ti, adormeço tranqüila...
Entregue aos delírios sonhados de tuas mãos.
Amor insano... Conduzindo ao secreto desejo,
Incendiando-me ao pensar em ti.
Brisa suave... Toca agora o meu encanto,
E faça-o sentir minha saudade sem igual
Querendo em ti... Felicidade!

Sintonia

Surpreende a manhã de outono
Em acordes quebrando o silêncio
Neste concerto de prazer,
Regido por ti, hábil maestro.
Sou tua orquestra em sintonia
Onde sabes extrair, sem hesitar
Notas suspirantes de gozo
Em cada instrumento de meu corpo.
De mulher sensata a faceira
Provocante, atrevida,
Ressoando o encantamento em
Lampejos musicais, desejos, loucuras,
Ávida procura, essência da vida
Que não tenha fim este concerto
Conduzida em infinito deleite

Sonhadores

Contemplar tua beleza
De tão longe... Com certeza
Segue o Sol em teu amor...
Enamorado pela Lua
Imaginando um dia ser tua
Vai distante o sonhador.

Entra dia e noite adentro
Vão seguindo em sofrimento
Sem acaso se tocar...
Esta paixão que os devora
Renascendo em cada aurora
Como exemplo a encantar.

És meu Sol, sou tua Lua
Na verdade nua e crua
Refletindo o teu calor.
Sem meu Sol sou apagada
Resumindo tudo em nada
Um universo sem valor.

Sou Tua

Visto-me de toda nudez
Nesta entrega plena.
Libertando-me do cotidiano
Dos limites e das inquietudes.

Entrelaçando nossos mistérios
Sintonia estabelecida em
Devaneios, cumplicidade
Guardados em caixas de sedução.

Entre as luzes do crepúsculo
Busco em ti meus anseios
Coração confesso, se rende
Ser inteiramente tua.

Teu Jeito de Amar

Escreves em mim tua alegria
Revestido em doçura e harmonia
Interagir no encanto descoberto...
Aconchegando o coração inspirador
Temperando meus recatos em sabor
Regozijo envolvente por completo...

No exercício deste nosso versejar
Emociona-me teu jeito de amar
Esta magia, qual destino que arrebata...
Aprisionando meus sentidos com furor
Em completa liberdade deste amor
Como refém de teu olhar sou candidata...

Teu Sentir

Definir o teu sentir
Tão difícil de medir
Preenchendo cada dia.
Meu viver, tua razão
Em constante devoção
Faz em mim tua poesia.

Meus defeitos, ignora
Com teu jeito, só aflora
O melhor que há em mim.
Conseguindo transformar
Meu sofrer e meu chorar
Em sorrir... Fácil assim.

Quando quero me calar
No silêncio mergulhar
Ao meu lado permanece.
Respeitando o momento
Aconchegando em alento
Com você não se entristece.

Definir o teu sentir:
É amor!!! Não vou fugir
É amor em imensidão.
É amor que me envolve
É amor que me comove
É amor em expressão.

Teu Sol

São Paulo...
Frio... Garoa...
Dia nublado...
Preto e branco...
Tudo contribui
Para a tristeza
Habitar meu ser.
Entretanto...
Teu simples sorrir
Dá colorido ao dia
Aconchegando minh'alma
Aquecendo o coração
Com o Sol de teu amor.

Inverno, 2011.

Teus Cuidados

Tê-lo ao meu lado, em sintonia
Privilégio concedido pelo destino...
Poder contar, confiar sem garantia
Além das circunstâncias...
Do bem, além do mal.
Para mim... Nunca está ocupado.
Caprichos atendidos, e cuidados
Por este coração generoso.
Ignorar, como eu poderia
Ser insensível a este encanto?
Render-me a ele, minha alegria.

Teu tesouro

Valorize aquele que dá a vida
Por um esboçar de teu sorriso.
Este sim é teu tesouro

Tua Ausência

Choro, por estar tão distante.
Afligindo a minha alma
Aguardarei, quieta, o instante.
De falar-te, então, com calma.

Entraste na minha vida
Viva... meu coração sorriu
Esta minha lágrima sofrida
Foi se embora, assim partiu.

Posso não ser tão perfeita
Nem saber toda verdade
Mas contigo sou refeita
Com tua docilidade.

Consegues, sem se esforçar
O melhor, sempre extrair.
Nesta moça, em teu gostar
Vem muito contribuir...

Para conquistar meu amor
Nunca te afastes de mim.
Teu encanto tem valor
Imensurável, enfim.

Vestiu-me... Felicidade

Loucura, revelou meu destino
Dançando com a vida em brincadeira
Entregou meu coração a um menino
Com doçura o recebeu em sua maneira.

Surpresa... Tempestiva em emoção
Deixei-me enredar em sentimento...
Temendo o meu sofrer em ilusão
O irradiar que inunda o pensamento.

Se este encanto habita meu sonhar
Exuberando o sorrir em alegria
Jamais permita-me o acordar.

A noite fria deu lugar à poesia
Na doçura do menino em teu amar
Felicidade me vestiu em euforia.

Vida em Te Amar

Teus olhos nos meus repousam
Encantada... Perco do tempo a noção
Pensamentos ligados... encontram
O mesmo sonhar, uma mesma canção...

Esquecendo das nuvens sombrias
Que persistia meu coração em andar
Elevando em esplendor e alegrias
Um momento, uma vida em te amar...

Ternura revelada em cuidados
Meus caminhos, por ti foram mudados
Era dor, hoje é melodia

Coração salta em euforia
Impregnado em infinito amor
Felicidade... Foste em mim o autor.

Voar em Teu Amor

Deixa-me voar em teu amor
Levando-me ao encontro da loucura.
Neste enigma provocante, qual autor
Iluminando, sem supor, a noite escura.

Encantando-me com grande euforia
A desvendar teu coração descompassado.
Num eterno "Eu te amo" em sinfonia
Confirmando em alento enamorado.

Neste encanto, nada mais a importar
O suspirar em desvario de emoção.
Parando o tempo, entre tudo, a conspirar
Como poeta, em fascínio e inspiração.

Desenhando por completo o verbo amar
A cada curva de delírio em devoção.
Voando livre neste amor em tua essência

Descobrindo mil segredos, em vontade.
Tornando-se impossível tua ausência
Eu e você, cada momento uma saudade.

Você

Você
Jardineiro de minhas flores,
Amparo de minhas dores,
Meu sorriso no alvorecer...
Voz, que meu choro acalenta,
Paz, tirando-me da tormenta,
Meu amor a enaltecer...

Você
O tom, em melhor melodia
Sentimento, de minha poesia,
Em mim, forte inspiração...
Meu farol, em noite nublada,
Por ele, para sempre amada,
Alimentando em mim, a paixão...

Você
O caminho, por onde seguir,
O meu bem, contra o mal a fugir,
Com amor, molda minha emoção...
O sussurro, que me dá prazer,
A ternura, que conduz a envolver,
Meu eterno, mora em meu coração...

III

HONRA À AMIZADE

“Grandes tesouros.”

A Flor e o Trovão

Aos sons de violinos encantam a flor
Bailando "Bem me quer" em teu pudor.
Sorri a primavera a contemplar...
Emudeceu o tempo e a canção
A voz que lhe soou como trovão
Num breve instante, pelo céu a ecoar...

Entra dia... Sai o dia... Fez verão
Pequena Flor o guardou no coração
A voz inebriante não esqueceu...
Mas o destino, que conspira a teu favor
Cruzou o teu caminho com o autor
Do intento que um dia a encantou...

Trovão é, na verdade, qual doçura
Florzinha quis viver esta loucura
Dançar ao som desta nova canção...
Mistério revelado a ela, enfim.
Será que agora tua procura teve fim?
Só o tempo é que dirá se é paixão...

[Dedicado ao casal Carlos Vinícius e Samantha Ferrary]

Amigo

Por uma pequena menina
Dissipou-se em mim a neblina
Verão tornou-se comigo.
O bom no vencer a maldade
Florindo minha realidade
Aproximando-te, meu amigo.

Por uma flor nasce oportunidade
Finalmente conhecer a verdade
Quem é esta poetisa da paz.
Caindo os antigos conceitos
Reescrevendo em cada feito,
Amizade sincera se faz.

Vivemos difícil momento
Dividimos o tal sofrimento
Estando tão longe da flor.
Deixando a nós o presente
Desta amizade recente
Sincera e de grande valor.

Bianca

Pequena flor... Intensa vida
Especialmente querida
Um presente de amor!
Transborda-nos sua alegria
Não lhe falta energia
Dá a nossos dias sabor!

Fascinada por sapatos
Jamais perdendo os recatos
Pela vida a desfilar...
Com teu charme natural
Sendo atração central
Quer o mundo conquistar.

Pequena estrela Bianca
Em tudo, e a todos, é franca
Demonstra-nos o que é amar.
Levada, menina sapeca
Princesa, tão linda boneca
Sabe bem nos encantar.

[Homenagem a uma menininha muito especial,
que Deus achou por bem presentear-nos]

Bodas de Ouro

Dias que chegam... Dias que vão...
Mas este casal em perfeita harmonia.
Juntos seguindo, oh quão bela união
Bodas de Ouro fazem com alegria.

Fiéis ao Senhor, com zelo e temente
Servindo de exemplo por onde passar...
Filhos criados, deixaram sementes
De amor a Jesus, no coração a plantar

Tempestades formadas, a eles afrontaram
Unidos vencerão, com amor sem igual.
Diante de todos, seus votos renovaram
De fidelidade... De amor. Afinal.

[Homenagem a um casal de amigos]

Cleusa

Encontrar-te para mim
Foi de um valor sem fim
Juntas num só caminhar...
Aprendeu a conhecer
Meu sorrir e meu sofrer,
Quer meu bem assegurar!

Projetos em andamento,
Seria grande tormento
Sem você a me ajudar...
Passa o dia assoviando,
Mesmo estando trabalhando,
Sua alegria é de encantar.

Nossos filhos viu crescer,
Foi além de um viver
Em nossa casa a trabalhar.
Tornando-se da família,
Um dia mãe... Um dia filha
Aprendemos te amar.

[Homenagem a Cleusa, companheira no dia a dia]

Debutante Gabriela

Nasce, da boa semente, a flor
Meiga, terna menina Gabriela
Fruto de um lar repleto de amor
Esperança do bem, afinal, é a Bela.

Vai primavera... Entra o verão.
Quinze anos passaram, a menina cresceu.
Formou-se a moça em seu coração
Por seu encanto o mundo se rendeu.

Hoje a felicidade se faz melodia
Com a Gabriela vem comemorar
Menina mulher, mulher tão menina
A flor em botão a desabrochar.

Conquistas, vitórias a tal princesa.
De seu caminho seja a moldura
Não faltando-lhe amor e nobreza
Sempre adornados por sua doçura.

Homenagem a Ti

Em meio à tremenda emoção
Quisera poder escolher
Palavras de coração
Que pudessem agradecer...

Por tua grande amizade
Presentes no rir e chorar
Pautada em sinceridade
Sempre pronto a ajudar.

Pelo amparo incondicional
E o conselho apropriado...
Em tudo és especial
Amor é tua base e legado.

Louvo a Deus por tua vida
Rogando sem hesitar
Que tuas bênçãos sem medida
Continuem a te alcançar.

Feliz Aniversário.

Nina

De teu ventre não saí,
Teu abraço não senti
Teu olhar não contemplei...
Me adotou teu coração
Sem qualquer explicação
Tua filha me tornei...

Mesmo estando separadas
Nossas almas tão ligadas
Jamais perde a esperança...
Estar juntas, afinal
Na bonança ou temporal
Vais mimar esta criança...

Nina... Amiga virtual
Hoje és laço real
De amor e lealdade...
Transbordando de ternura
Não me nega tua doçura
Grata sou por tua amizade!!!

[Homenagem à minha amiga paraibana]

Parabéns

Parabéns, meu anjo
Pelos dias que venceu,
Pelo amor que conquistou
Pelos amigos que colheu
Pelo carinho que plantou.
Em cada ano vivido...
Pela marcas que deixou!

Desejo a ti neste dia:
Amor em teu coração
Muita paz, muita alegria
Pela vida, a paixão.

Desejo a ti loucamente:
Tua vitória alcançar
Que vivas intensamente
E nunca deixe de sonhar.

Desejo a ti de verdade
Que brilhe eternamente
Encontre felicidade.
E divida com a gente.

Desejo a ti Parabéns
Por mais uma vela assoprar
Em cada virtude que tens
Impossível não te amar!

Pequena Notável

Desfaleço minh'alma em saudade
O destino, cruel, fez maldade
Entre nós, separou o viver...
Amiga, que ao mundo encanta
Tua falta, em meu coração planta
Este tal, contigo quero vencer...

Com quem vou comer brigadeiro,
Dividir o gostar verdadeiro,
Meus intentos compartilhar?
Gargalhar como duas crianças,
Brincar, inventar novas danças,
Desejando ao mundo mudar?

Sem você, minha pequena notável
Vou sofrer! Isso é choro inevitável.
Teu jeitinho, nunca vou esquecer.
Este anjo, de fala atrevida
Em minh'alma, eterna querida
Tua amizade para sempre há de ser.

[Despedida de Samantha Ferrary]

Professores

Caríssimo do Colegiado
Meu caminho para sempre marcado
Por tua maneira ímpar ao ensinar.
Revelando em mim a poetisa
Vento forte e não uma brisa
Teu exemplo sigo em alcançar.

Tantos foram conceitos guardados
Neste tempo, por ti ensinados,
Transformada foi minha visão.
Assimilando cada conhecimento,
Entre risos e também sofrimento
Nesta busca pela educação.

Rendo a ti esta simples homenagem
Pequenina, perto da aprendizagem
Apropriada neste tempo da historia.
Embasou tuas palavras em atitudes
Revelou em meu ser tuas virtudes
Para sempre em minha memória.

[Homenagem a professores que marcaram minha vida]

IV

MOMENTOS

"A Vida desafiando a Arte."

Amigos virtuais

Se tudo nela fosse igual
Que graça teria, afinal?
Sem mistérios, só realidade.
Mais uma, na lista adicionada
Sem eira, nem beira, ou nada,
Similar a qualquer sociedade.

Na tela a pintura que se forma
Na mente, a imagem que adorna,
Nas mãos deste sábio pintor...
Boas palavras trocam neste virtual
Transpondo cada intento digital
Conferindo a amizade tal sabor...

Um dia se tornarão presentes
Um ao outro ficarão transparentes
Em sentidos, ou qualquer restrição.
Completando em perfeita harmonia
Refletindo em suas poesias,
Não faltando aos dois, comoção.

Amor, Meu Ofício

Ser obrigada a ouvir
As palavras de alguém
Sem nada a transmitir
Por suas ações ir além...

Plantou ódio e rancor
Usando de falsidade
Demonstrando desamor
Temperado em maldade...

Apesar do sacrifício
Na alma ser torturante,
Faço do amor meu ofício
Sendo participante!

Não a deixando perdida
Sem ninguém a interagir
Ignorando as feridas
Que em mim ela quis abrir.

[Dedicado a alguém que muito me feriu]

Amor ou ódio, Linha Tênue?

Esquecer...
Jamais tê-lo conhecido
Neste laço assim partido.

Entender...
Ser por ti tão odiada
A amizade retirada.

Convencer...
A razão não sabe dar
Um motivo apresentar.

Compreender...
Sentimento conjugar
Será ódio ou amar?

Receber...
Amizade na certeza
Te ofereço com pureza
Neste coração sofrido.
Odiar, não sou capaz.
Sentimento tão salaz
Amigo para mim querido.

Arrependimento

Entrar nesta brincadeira foi o erro.
Provocando em teu sentir um enterro.
Despeça-te do infortúnio a partir...
O valor pago ao arrependimento
Causou-te lágrimas e vil sofrimento.
Defina outro caminho a seguir...

Para ti foi um exercício de vida
Não guarde para ti a ferida
Sentindo as palavras rancorosas.
Que trilhe cada um o seu caminho
Plantando as palavras sem espinho
Que o vento leve tais fases ditosas.

Porém, experiência guardada
Lição de vida, segues preparada
Jamais percorrerá neste versejar.
Mudando este intenso destino
Lembrando o pressuposto em desatino
Que siga cada um seu caminhar.

Asas ao Tempo

A vida, em pura brincadeira,
Decidiu os caminhos cruzarem
O chato e a menina faceira
Entre infinitas poesias dançarem.

Ligados por versos e rimas
E a voz, qual mistério, a falar.
Não faz jus à tão frágil menina
Ele segue, conflitando a pensar.

Coração que fechou-se ao destino
Vai se abrindo neste versejar.
Confundindo a razão do menino,
Quer em tudo conceito explicar.

Para que definir o instante
Se o momento os fizer sorrir?
Tudo mais torna-se irrelevante
Viva o tempo e o deixe agir!

Conquista

Quisera eu...
Ser tua fiel companheira,
Em quem confiasse
teus íntimos segredos.
Compartilhar de teu sorriso...
Secar tuas lágrimas.
Construir laços...
Dividir pensamentos,
E sem palavras...
Entender o que se passa
Em teu coração afligido.
Amparar-te em momentos difíceis
E ter sempre uma palavra
Para ajudar-te, um consolo, um afago
Jubilar com tua vitória...
Bem pertinho. Aplaudir-te de pé.
Poder dizer-te: Conte comigo.
Quisera eu...Dizer-te um dia:
"Sou tua Amiga !"

[Recepção às calouras na Faculdade, em 2010]

Coração Ferido

Coração ferido...
Alma transpassada...
Pela seta envenenada
Da inimizade... Incompreensão.
Feridas marcadas que o tempo
Poderá curar, então...
Enquanto dias não passam
As tristezas só arrastam,
A lágrima amarga, insiste
Em molhar rosto tão triste

[Quem é capaz de agradar a toda a Humanidade?]

Desamparo

Rasga-se, qual grande dor,
Pranteia teu coração ferido...
Sofrendo no ato, pavor,
Palavras de um mal proferido.

Sentidas, lágrimas em agonia,
Ao som de soluço profundo...
Roubando de teus olhos, alegria
Querendo partir deste mundo.

Se a morte agora chegar...
Assim teu coração deseja,
Contemplando tu'alma a chorar,
Alívio do pranto almeja.

O sol amanhã brilhará...
Esquecido será o tormento.
Tristeza para traz ficará
Só amor será o sentimento.

[Sentindo a dor de um amigo]

Desespero

Faltou-me o chão...
Vi meus sonhos esvair-se
Entre os dedos da mão,
Ferindo o sorrir.

Lágrimas queimaram-me,
Desespero e aflição
Em minha alma cansada
Nesta luta secreta.

Abraça-me a tristeza
Sufocando meu ser
Em total desamparo.

Angustia sem medida
Abrindo no peito, ferida
Clamando por socorro.

Elevo os meus olhos para os montes, de onde vem o meu socorro.
O meu socorro vem do SENHOR que fez o céu e a terra.
Salmos 121:1-2

Doce Vitória

Ideal conquistado em silêncio...
Subindo ao pódio invisível...
Mesmo que não tenha aplausos...
Mesmo que não tenha
Medalhas e troféus...
Sinto o doce gosto da Vitória!
É Bom demais!

[Conquistar algo, mesmo em secreto, é tremendo]

Fragmentos da Alma

Dor provocada
Rompendo laços
Revelando coração
Fragmentando a alma...
Restando apenas
Colar os pedaços
E seguir a vida...
Sempre sorrindo
Como se nada,
Decepção alguma,
Tivesse acontecido.

Impetuoso

Bailando entre sonhos vai o amor
Observando a mocinha em sua alegria...
Eis que se depara com olhar caçador
Rondando a pequena em tal tirania.

Bailar se desfaz e o ciúme aflora
Palavra profere sem muito pensar,
Deixando a mocinha e indo embora
Caminho se abre ao mal atacar.

Tão frágil pequena naquele momento
Levanta na luta feito uma leoa
Exclui predadores, acabou sofrimento,
Quer o seu amor... Ao mundo ecoa.

Espera a mocinha a noite chegar
Estando afligida em plena saudade
Ao teu inspirador irá amar...
Só nele a pensar em tua ansiedade.

Intrusa Dor

Num lamento, impotente, insensata,
Sinto tua dor, de certa maneira
Assistindo a vida, oh ingrata!
Tentando passar-te rasteira.

Aflito, em silêncio tua alma
Grita ao mundo por amparo.
Negam-te perder a calma.
Estás sofrendo, é claro.

Esta dor que tatua teu peito
Insiste em marcas deixar...
Impiedosa, o maltrata de jeito
Achando que não vai lutar.

Hoje, amigo querido
Anseio por te ajudar
Mas nada, posso eu fazer...
Permita-me então te amar
Como amiga, a te dizer:
Levanta a cabeça a andar
Perdeu! Mas amanhã vai vencer!!

[Consolo ao amigo ferido]

Ira de uma Sonhadora

Como pode se envolver
Em tamanha confusão?
Provocando o teu sofrer
Nesta imensa assolação.

A sensibilidade aflora
És inteira coração....
Mas o tal só ignora
Quer em tudo um razão.

Dois caminhos diferentes
Segue tu e este menino
Plantando ricas sementes
Cada um em seu caminho.

Como querer transformar
Em sorriso tanta ira?
Pois jamais vai concordar
Com teus sonhos de menina.

O Desafio

Foste para mim arrogante
Falta em ti misericórdia.
Vamos, não obstante,
Resolver esta discórdia.

Impressionar uma menina
Com tua extensa cultura
Inteligível e fascina...
Mas, na real, a vida é dura.

Responder a uma mulher
Com bagagem e vivência
Exige esforço, pode crer!
Falta-te experiência.

Dondoca pareço à vida
Entre rimas passear...
Sei lutar nesta corrida
Na aurora ao trabalhar.

Sorrindo... Desafio-te somente
Prossiga, entre neste versejar...
Estás com medo, é evidente!
Oh dozinha, já te vejo a relutar.

[Duelo entre a Mulher e a Poesia]

O que foi, jamais será!

Entre filmes, museus e infinitas poesias,
Comentários marcavam os teus dias
A aluna e a leitura, nesta agrura...
Descanso só os vinha ao amanhecer
Esforçava para com ela aprender
Neste imenso alimentar-se de cultura.

De repente um ser quebrava tal efeito,
Alvorecer, rodeando com teu jeito,
A atenção da aluna a disputar...
Vindo o Sol em teu nascer experiente,
Tomando a vez nesta leitura pertinente
Outro momento voltariam a segredar...

Quem julgar só aparência com rigor
Seria injusto, não lhe dando teu valor,
Sensibilidade e grande desenvoltura.
Desta leitura a aluna tem saudades,
Mudou-se o enredo na atual realidade
Outros conceitos... Seguirá nesta procura.

[Conversando com meus livros de outrora]

Olhos Abertos

Perseguições não me aborrecem!
Calúnias não me incomodam!
Inveja dos incapazes... Não me importo!
Afinal, os olhos de quem realmente importam estão abertos e suas visões não se embaçam por falsos sorrisos!

Quando a vida desafia a arte

A ternura que havia em cada parte
Transformou-se em tristeza nesta arte
Revelações não agradaram ao peregrino.
Contudo, a persistência é nossa meta,
O prosseguir nesta jornada nos é certa
Será, enfim, entre tempos, grande ensino...

Os desafios nos atiçam e nos cativam
Entre palavras sobrepõe e nos manejam
Seguir em frente ou converter a direção....
Tenho esperança que não vamos naufragar
Esta amizade, vento não vai abalar.
Riremos juntos desta grande confusão....

Boa semente irei plantar daqui para frente
Só tua verdade habitará em minha mente
Eu e você firmados num recomeçar...
E quando enfim, a vida desafia a arte,
Vamos vencer erguendo este estandarte,
Novo caminho neste intenso versejar...

Refrigério à Alma

Dias nublados, noites cansadas.
Eternas tristezas na alma marcadas
Ferida que abre, sangrando qual dor...
Sem hesitação, deixando lacuna
Partiu alicerce, rompendo coluna
A morte que chega sem pedir favor...

Recolhe o pai, ignorando a menina
Apaga-se o sol, rompendo a neblina
Sequer perguntou se havia o amor...
Mulher que chorou pelo laço rompido
Lastima na vida pelo mal sofrido
Em luto, a família rasgou-se em dor...

Em noites que lágrima insiste em cair
Procura a menina razão para seguir
Virtual ou real, quer em tudo mudar...
Achou-se o amigo que um anjo mandou
Coração da pequena, assim consolou
Chegou-se o tempo da página virar.

Será Adeus?

Entre razão e bom senso
Faltam-me palavras.
Explicar-me o inatingível
Gozo de teu sorrir.

Outrora, dois esboços
A percorrer o infinito.
Hoje, plantamos espinhos
Entre pedras amontoadas.

Decifrar atos incontidos
Entender teus "comigos"
Aventurar-me às escuras
Na sofreguidão de teus "ais".

Adeus?
Jamais poderia dizer-te
Habituei-me a dar-te
A outra face a bater.
Esperança semeada
Em recomeço da ópera.

Socorro

Entre as auroras de cada outono,
Existe aquela... Nublada...
Onde tudo se faz pesar.
Parece-nos perdido...
O cansaço levanta bandeira,
Compromissos são arrastados,
Alegria vai se esvaindo.
Coração clama por paz.

Neste embate...
Entre as aflições do cotidiano,
Pare, respire fundo e ore...
Dos altos céus virá socorro.
Deus porá tudo no lugar.

Sonhos teus

Emoldurados na esperança,
Não faltando confiança
Faz em ti a primavera...
Florescendo teu sonhar
Cada dia a desejar
A existência, oh quem dera...

Que ironia... Fui eleita
Nesta forma tão perfeita
Em viver o teu sonhar...
Embalando meus momentos
Dominando pensamentos
Faz o coração vibrar...

O teu sol irá nascer
Dando em ti, real prazer
Vivenciando o teu sonhar...
Compartilhar tua alegria
Nesta doce sinfonia
Quão feliz irei ficar...

Mas enquanto não acontece
A Deus faço a minha prece
Que venha te abençoar...
Neste sonho, qual verão
Te aquecendo o coração
Em tua alma a flutuar...

[Faz-me feliz sonhar os teus sonhos]

Tenha Esperança

O Sol que nascerá vistoso
A teu ser não foi piedoso
Ignorou tua lágrima no olhar.
Sombreando tua inquietude
O calor te negou sendo rude
A tristeza em ti a contemplar.

Trilha, enfim, esta desventura
Permeando caminho em agrura
O peito rasgando-se em dor.
Silencio, só é teu companheiro
Encontrando-se em derradeiro
Sofrimento sem nenhum valor.

Não te tornes á melancolia
Amanha te será novo dia
E com ele nova esperança.
Para ti o Sol a se inclinar
A vitória com ele a chegar
Seja forte, tenha confiança.

Teu Perdão

Acordou mui perturbada
lembrando do que passou...
a dor de estar enamorada
receosa de que tudo acabou.

Na alma tremenda agonia
da lágrima que a noite amargou
sofrendo... Em tal melancolia
a incerteza que o vento formou.

Quisera que o tempo voltasse,
e a voz que o vento acenou...
Em tua boca palavra faltasse
impedindo o que te machucou.

Contudo, castigo merece?
Do falar te tornou prisioneira
O perdão, roga neste ensejo
Para que deixe de ser faladeira.

Transformação

Duvidas de meus anseios,
Quer em tudo questionar...
Descrever-me em devaneio
Pela vida a passear.

Contudo, minhas razões o detém
Fascinado... a questionar.
Dela tornando-se refém
Querendo-a, então decifrar.

Um sonho carrego no peito:
Como a palma de tua mão
Conhecerás meus conceitos
Terás admiração...
E por mim, o teu respeito.

Nossos mundos que se chocam,
Tem tudo para dar errado
Mas nossos destinos evocam
Serás para mim um mestrado

Achas em ti perfeição
Da verdade defensor,
Porém falta-te emoção
E acreditar em meu valor

A vida é transformadora,
Vai um dia te ensinar:
Deste enredo sou autora
Saberás valor me dar.

E quando este dia raiar
Serei para ti estimada
Em teu conceito entrar
Fazendo dele morada.

V

REFLEXÃO

"... removendo pedras e plantando flores."

Cora Coralina

Além das Máscaras

A transição do ilusório, da imagem que temos da vida
e das pessoas, para o real, dói, produz sofrimento,
decepções e lágrimas.Entretanto traz o amadurecimento,
nos fazendo enxergar além das máscaras.
O importante é não perdermos a Esperança.

Braços Entrelaçados

Como falar de poesia
E de sua trajetória
Sem falar dos brasileiros
E seus feitos na História?
De braços entrelaçados
Amigos em seu viver
Amparando um ao outro
Caminhos a percorrer.
Da Colônia à República
Cada ato de bravura
O choro que vem da senzala
Por sua escravatura...
Em cada verso, o poeta
Clama por liberdade
Bandeira aqui hasteada
Mudando a realidade.
E livre torna-se o povo
Desta Pátria tão amada
Sorri, enfim, o poeta
Perante a paz proclamada.

Mas então a ditadura
Vem a bravos exilar
Da poesia o lamento
Para seu filho voltar.
Aos braços da mãe retorna
Alegria ao coração
O voto torna-se arma
Democracia à Nação.
Põe e depõe presidente
Diretas já exigida
O verso se faz pintura
Em cada face exibida.
O mundo globalizado
Mudanças o Brasil quer
Operário é presidente
Na sucessão a mulher.
De salto alto a governar
Esta terra em harmonia
Liberdade é nosso lema
No final desta poesia!

Convicção

Quem tem convicção do bem, mesmo chorando persiste.

Inclusão?

O ingressar de crianças
Com necessidades especiais
Exigem muitas mudanças
Nas escolas sem iguais.
É precária a condição
Como estas são recebidas
Em nada ajuda esta ação
É penoso em suas vidas.
Um suporte é preciso
Para a escola ajudar
Despertando o sorriso
Deste aluno a educar.
Médicos, escola e família
Em perfeita união
Tirando o de sua ilha
Em prol de sua educação.
Estas crianças agradecem
De todo seu coração
Aos projetos que aparecem
Por sua integração.

Letramento

Levar palavras além
Escrevendo e entendendo
Transformando sempre alguém
Riqueza de letramento.
Acelera o coração,
Mundo a fora descobrir
Enxergando a razão
Neste intenso evoluir
Tendo agora outra visão
O caminho a prosseguir.

Matemática da Vida

Nascer entre números
Na vida desabrochar...
Somar alegrias...
Dividir tristezas...
Multiplicar sonhos...
Subtrair decepções...
Seguir a vida somando...
Em tudo... experiências.
Afinal, que graça tem viver só?

Professores, Avante!

Superar o poder ilusório,
Superar as incompetências.
Mesmo com armadilhas
em teus caminhos..
Transpor as deficiências.
Na luta haverá espinhos,
Mas lute com veemência.
Dando ensino de qualidade
Até ao proletariado.
Seja em qual for a idade
Venha a ti este legado!

Rivais Eternas: Sabedoria e Vaidade

Cega o espírito, aniquila sentimento
Em prepotência, retira entendimento
Molda a vida, imprudente a Vaidade!
Em suas mãos, com nosso ego a brincar,
Oh sutil, a cada alma inquietar
Impiedosa, falsifica a realidade!

Saí densa névoa, ressurgindo primaveras
Transformando, sem pedir, a atmosfera
Em cada tempo Sabedoria adquirida!
Libertando nossa alma do engano,
As intempéries a curar a cada dano
Felicidade... Faz morada prometida!

Outrora, reluzia em importância
Apagou-se, consumido a ignorância
Desnudando os recantos da loucura!
Colhendo doces frutos de alegria
Semeados em perfeita harmonia
Sabedoria faz em nós tua moldura!

Terra em Chamas

Emoldurada de graça a natureza,
Encantando-nos com tua beleza
Por si só exuberante perfeição.
Bela terra, saudando em palmas,
Em equilíbrio, sem perder a calma,
Harmonia presente em razão.

Vão se os dias grita a atmosfera
Reclamando pelo mal que a altera
Não hesita, elevando a temperatura.
Compromete-se o homem em ciências
Perde o rumo e também a coerência.
Conquista o mundo e o assola em aventura.

Outrora, o que nos foi tal melodia.
Ganhou força, é real em nosso dia.
Neste ecossistema mudando...
O sertão transformando-se em mar,
Em meu coração habita este pesar
O mar em sertão transformando.

Vida

Entre palavras e anseios resta-nos apenas
o ensaio da vida...

Vivendo e Aprendendo

Nenhum favor é tão pequeno que não possa ser agradecido.

[Aprendi este conceito com meu aluno Lucas, de apenas seis aninhos]

VI

CARTAS

"Minhas palavras procuram-te."

Amor Eterno

Meu amor,

Pensar em nós emociona-me, como manhãs de primavera, desabrochando perfumes de cada momento compartilhado.

Viver um grande amor para a vida toda! É possível?

O gosto do primeiro beijo... O arrepio na espinha ao vê-lo... O bater no peito descompassado... Pensamentos ligados...

Meu coração foi conquistado quando eu era apenas uma adolescente, vivendo num turbilhão de emoções.

Você, um amigo tão querido, que por muito me amar, e tremenda persistência, acabou conquistando lugar em mnh'alma.

Arrebatou meus sentidos por toda eternidade. Preenchendo cada espaço com uma paixão imensurável.

Hoje, neste mundo, em que as relações são descartáveis, encontrei um amor eterno, só para mim.

Contemplam os incrédulos pasmados, pois nossos atos, nossos olhares trocados, a cumplicidade de vidas ligadas, denunciam esta paixão voraz, este amor que nos une.

Amadurecemos... Os verões, em vinte e cinco desfrutados... Somos novo Homem..Nova Mulher...porém o amor permaneceu, a paixão não se apagou..tudo venceu...

Eu te amo e sempre te amarei.

Beijos de sua menina.

Ausência

Meu Amor,

Confesso-te que deixá-lo sozinho hoje doeu mais do que em qualquer tempo.

Lutar por nossos sonhos, ganhar o mundo, alcançar vitórias... São coisas maravilhosas que nos emociona e engrandecem.

Entretanto, o preço a pagar é terrível. Separar-me de Ti durante o dia e só vê-lo à noite doeu na alma. A saudade me corroeu, e liguei meu coração ao teu durante todo instante.

Quando o vi finalmente, ao fim da tarde, meu coração acelerou, selando a vontade de te ver, beijá-lo, sentir teu calor.

Ai amor... A ausência dói.

Beijos de sua menina.

Ao Crítico

Caríssimo amigo,

Sabe aqueles dias em que nos colocamos a rever conceitos e efeitos? Este é um dos tais.

Entre loucuras e enganos conheci tua pessoa. Somos o avesso e o direito. Nada temos em comum a não ser o amor pelos livros.

Irrito-me na maioria das vezes em que trocamos meia dúzia de palavras. Fico prestes ao lançar-te ao vento. Contundo, detenho-me em tua intelectualidade. É raro ver alguém de tua pouca idade tão "espertinho".

Encontra-se a filosofar da vida como espectador e não um vivente. Surpreende a humanidade a cada feito. Quando acho que vais zangar-se, estende as mãos e ajuda. Quando acredito que terá misericórdia, ri cinicamente.

Perguntaram-me: quem é este? Dignei-me a responder, como quem observa as estrelas: É um talentoso escritor, louco, estranho, mas brilhante.

Assim, meu amigo [se é que já posso chamar-te assim], desejo-te uma vida prospera em virtude, alegrias e grandes amizades ao teu lado.

Confissão

Agora são oito e meia da manhã e as palavras cercam-me num abraço caloroso.

De repente um dia, que parecia comum, nasceu para ser especial.

Entre os acordes de um violão ouvi um anjo cantando e sua voz melodiosa me dizia:

"Valorize as pequenas coisas, são elas que tornam seu dia especial".

Desliguei-me do mundo, fechei os olhos e viajei por imagens do cotidiano.

Desembarcando-me em teu olhar, refletida em tua retina.

Lembrei-me de cada noite a meia luz, você aconchegando-me em teus braços para eu adormecer em segurança...

Ao amanhecer... espera com paciência que eu acorde, e em doce voz, diz que me ama...

Senti o calor de teus abraços dados ao longo do dia, em momentos inesperados, cercando-me pelos cantos da casa...

A xícara de café que me leva toda tarde quando estou envolvida entre livros e escritos...

O ficar ao meu lado em silêncio, quando uma crise de TCC se torna pior do que uma TPM...

O olhar de amor temperado ao desejo ao ver-me desfilar de salto alto pela vida, mesmo após vinte e sete anos de casados...

O possível e o impossível que faz para que o sorriso não se apague de meus lábios...

Regressei de minha viagem nesta canção de um anjo e me encontrei apaixonada...

A ti meu amado, este dia especial...

Em cada reticência a continuação de nosso amor...

Beijos de sua menina.
11/10/2012.

Porto de Idéias
EDITORA

www.portodeideias.com.br